LES NYMPHES

DU

PALAIS-ROYAL.

De l'Imprimerie de Mad. Vᵉ JEUNEHOMME,
RUE HAUTEFEUILLE, Nᵒ 20.

LES NYMPHES

DU

PALAIS-ROYAL;

LEURS MŒURS, LEURS EXPRESSIONS D'ARGOT,
LEUR ÉLÉVATION, RETRAITE ET DÉCA-
DENCE.

PAR P. CUISIN.

TROISIÈME ÉDITION.

PARIS,

CHEZ ROUX, LIBRAIRE, AU PALAIS-ROYAL.

1815.

AVANT-PROPOS,

OU

QUELQUES RÉFLEXIONS CRITIQUES

DE L'ÉDITEUR.

VOTRE *Cri de la Pudeur* sent un peu le rigorisme, mon cher auteur, je dirais même une austérité de principes qui approche de l'affectation ; et, malgré que cet opuscule moral paraisse sous mes auspices, je ne veux pas que le public me croie assez partial dans mes propres inté- rêts, pour partager tous les sentimens de votre chaste et pudibonde indignation ; je vais donc, d'une manière générale, vous faire connaître mon opi- nion à cet égard, et je crois que je ne ferai que prévenir en cela le jugement de beaucoup de nos lecteurs.

Sans doute *les Nymphes du Palais - Royal*, considérées comme un obstacle indirect à l'augmentation de la popula-

tion, comme une insulte vi-
vante aux bonnes mœurs, et à
la fois comme les ennemies dé-
clarées de la santé des citoyens,
méritent tout votre *vertueux*
courroux, et, sous ce triple rapport, elles commandent l'atten-
tion du législateur; mais combien de restrictions, de consi-
dérations, de palliatifs et surtout d'impossibilité dans l'exécution n'apportent pas toutes
nos institutions, nos mœurs,
nos vieilles habitudes, à vos pro-
jets de réforme et à la suppres-

sion de ces scandaleuses maisons tolérées par les lois !...,..,
D'ailleurs, quel législateur audacieux, téméraire, plein de
votre doctrine *antimondaine*,
osera toucher d'une main har-
die à ces antiques monumens de
la débauche, à ces colonnes
fondamentales du vice, depuis
si long-temps érigées et consa-
crées par nos institutions so-
ciales !..... Vous-même dans
votre brochure qui, entre nous
soit dit, au premier abord, a
toute la physionomie d'une

œuvre galante, pensez – vous qu'en dépouillant vos héroïnes (*les filles du Palais-Royal*) de leur beauté factice, en frondant et en faisant la satire de leurs attraits plâtrés, vous puissiez jamais déterminer le gouvernement à enlever au public, dans un des plus beaux bazars de l'Europe, ce genre d'amusement et d'ornement ?..... La police, gardez-vous de le croire, mon cher Caton, ne prendra jamais la résolution de priver notre vue de ces objets origi-

naux, ou pour mieux dire, de
ces sirènes enchanteresses qui,
malgré l'art mensonger qu'elles
emploient dans leurs atours, et
tous lès prestiges qu'elles reçoi-
vent de l'effet des lumières, ainsi
que des secours de la toilette,
ne laissent pas cependant que
de nous offrir dans leurs personnes des beautés *réelles* et
bien *palpables.....* « *Vous leur
trouvez un ton détestable,
une effronterie sans exemple; pour vous elles sont
laides, mal faites, haïssa-*

bles..... » — Mais , pour dieu ,
dites-moi, je vous prie, mon
censeur, ce qui vous oblige à
les cultiver, à les entendre, à les
voir même? Si le hasard vous
contraint de passer dans les galeries , pourquoi ne leur dites-
vous, comme le *Tartufe* de Mo-
lière à la soubrette Dorine :

. . . . . Prenez ce mouchoir ,
Couvrez ce sein que je ne saurais voir.

Vous visez à la perfection;
soyez parfait tout à votre aise;
personne ne vous empêche d'ê-

ire *un petit Grandisson*, et loin
que les *Nymphes* du Palais-
Royal puissent vous paraître
des objets scandaleux et dangereux, elles ne doivent au con-
trairè vous fournir que de nouvelles raisons *de vous bien
cramponner sur vos vieux
principes :*

Vaincre sans péril
C'est triompher sans gloire.

Y aurait-il quelque mérite à
domter ses passions, si aucun
motif de tentation ne venait par-

fois faire chanceler nos chastes
résolutions?... D'ailleurs. quelle
solitude ! quel isolement ! quelle
désertion présenterait le Palais-
Royal si vous lui enleviez ses
charmantes Houris... Ce bril-
lant sérail perdrait indubitable-
ment tout l'attrait principal de
ses galeries ; et il serait. je pense, moins dangereux et moins
inconvenant de soustraire au
chef des eunuques toutes les
femmes confiées à sa garde ; ou
bien encore d'enlever à la Tur-
quie ses janissaires, et à Maho-
met ses odalisques, que d'in-

terdire l'entrée et la promenade du Palais-Royal à toutes
ces *Thérèses-Philosophes*, qui
y répandent, d'un air délibéré,
l'enjouement, la gaieté, et
toutes les allures d'une insou-
ciance philosophique sur l'a-
venir. Suivant votre vœu aus-
tère, dans ce parterre émaillé
de tant de fleurs, l'étranger n'y
verrait donc plus ces beaux lis,
ces roses éclatantes de fraîcheur, qui rompent d'une manière si gracieuse l'uniformité
du coup d'œil, en offrant à la
fois, au plus haut et dernier en-

chérisseur , de la volupté *en détail*, sans nous faire passer par toutes les filières d'une passion malheureuse et tardivement satisfaite...

De plus, d'après vos plans si rigides, et l'intention de votre excessive austérité, loin que le libertin puisse désormais y trouver sa proie, le peintre, l'artiste n'y rencontreraient donc plus ces *belles Académies*, qui souvent *posent* dans ses ateliers, et maintes fois servent de modèles, pour représenter *l'Innocence, la Can-*

deur, ou bien *Minerve*, *Diane aux bains*, et même *Venus pudique*...

Que deviendraient donc tous ces somptueux établissemens animés et embellis de leur présence ! quel crêpe triste et funèbre répandrait partout leur exil !... Adieu bonheur, plaisirs, folie, enjouement ; adieu philosophiques orgies, vous voilà remplacées par une ennuyeuse sévérité ; et comme dans certaines promenades d'une pompe fort triste, les bâillemens joueront le princi-

pal rôle dans les conversations;
il ne serait plus possible de
conter ou d'entendre à la pas-
sade quelque bonne *rouerie:*
la jeunesse du siècle, d'un naturel d'ailleurs très - philoso-
phe, condamnée à une telle
abstinence, porterait bientôt
sur sa physionomie toute l'em-
preinte d'un *spléen* profond;
les suicides fréquens succéde-
raient rapidement à cette sour-
de mélancolie, et en voulant
diminuer le nombre des libertins, on ne ferait qu'augmenter
celui des victimes de la mala-

die noire; d'un autre côté, en suivant vos idées à la Lycurgue, mon cher auteur, il faudrait donc encore que l'homme le plus ennemi des passions longues et filées, *chapitre par chapitre*, se résignât à faire l'amour comme du temps des *Clélie*, des *Amadis*, temps d'assez sotte innocence, où l'on n'osait baiser la main de sa dame qu'au onzième volume de ses amours : non que je veuille m'établir ici l'apologiste des *demoiselles du Palais*; mais je prétends vous faire con-

venir que vous les traitez avec
une rigueur qui n'appartient
pas même à votre sexe; revenez
donc de vos sournoises prétentions, dépouillez-vous de tout
esprit de parti et d'hypocrisie,
et venez avec moi. Commen-
çons par un point célèbre, *le
N°* 113: tenez, que pensez-vous,
monsieur le Tartufe, de ces
belles épaules d'ivoire, de ces
gorges d'albâtre si bien arron-
dies, auxquelles une violente
compression, comme vous l'an-
noncez malignement parmi
quelques traits de votre dia-

tribe, n'a point du tout donné
des contours et un relief offi-
cieux ?.... Ces formes, convenez-
en, sont belles d'*elles-mêmes;*
c'est un beau satin mat, auquel
une légère nuance d'azur donne
une sorte de transparence aussi
mobile que séduisante. Les ama-
teurs de dos charmans ne peuvent vraiment se satisfaire qu'au
Palais-Royal; la famille des *Nio-*
bés n'en présente pas de plus
beaux, je pense; c'est une car-
nation de neige, mêlée d'un rose
tendre, puis de légères indica-
tions musculaires, une raie, des

fossettes légèrement indiquées, qui produisent le plus séduisant effet et portent le ravage dans tous les sens..... Et ces beaux yeux qui viennent de passer, croyez - vous, mon cher cen-seur, qu'ils soient de verre? Non, sans doute; éloignez-vous-en même, je vous le conseille: quel feu ils lancent!... si ce n'est celui de la Volupté, il y res-semble tellement qu'il me pa-raît impossible ici de démêler le faux du vrai.

Seriez vous encore assez in-juste pour refuser votre admi-

ration à cette taille enchante-
resse, à ces formes élégantes,
qui invitent la main à les pres-
ser?... Point de ouate ici, mon
cher anachorète, vous pouvez
vous en assurer vous-même ; la
nature seule, dans ces jeunes
appas, a fait tous les frais, et
dessiné toutes ces *vigueurs
de ton :* « La volupté, avez-
» vous dit dans votre *terrible*
» *sermon*, ne naît que dans la
» délicatesse des sentimens et
» par l'aiguillon des difficul-
» tés.... » Sans doute, en parlant de cette prétendue véri-

table volupté , que l'on soumet
à l'analyse du sentiment et de
la vertu , et que l'on appelle
vulgairement *amour platoni-
que;* mais la volupté de la nature, le plaisir des sens qui ,
dans ses écarts fougueux , ne
connaît point ces subtiles dis-
tinctions, pensez-vous qu'il ne
trouve pas ici parfaitement son
compte?... Mais n'allons pas
plus loin dans cette espèce de
plaidoierie (et d'ailleurs je ne
veux rien avoir à démêler avec
le bureau des mœurs); car les
uns me prendraient pour un

hardi matérialiste, et peut-être ces *demoiselles* pour leur avo- cat passionné : ne pourraient- elles pas penser, d'après une défense aussi chaude, qu'un sentiment secret me porte vers elles ? Si je pouvais le craindre un moment, je les abandon- nerais aussitôt au fouet le plus sanglant de votre critique. Mon but unique, dans cet *Avant - propos* ou ces *Ré- flexions*, a été de vous prou- ver, mon cher auteur, le tort de rigorisme, d'injustice et d'exagération que je vous impute ; et que tout en faisant *crier* la Pudeur, suivant le titre de votre ouvrage, vous ferez davantage *crier* une foule d'hommes qui ne sont heureux en amour qu'en assistant au *dernier acte*, sans passer par toutes les tribulations d'une intrigue compliquée et mêlée de traverses. Quelles déclamations de jésuite, ne manquera pas de s'écrier ce libertin systématique en feuilletant votre brochure!.. Y a-t-il rien de plus délicieux au monde, dira-t-il,

3

que de trouver sous ses pas de
l'amour, de la beauté et du
plaisir *à tant la faveur!!* ...
Au sortir d'un repas fin qui
porte à notre cerveau les feux
du désir, un corps charmant
se présente sous nos mains; que
nous importe certaines taches,
certains défauts de la nature;
ne sommes-nous pas heureux
que par des illusions?... Gar-
dons-nous donc de les analyser,
c'est en toutes choses toujours
détruire l'édifice fragile de
notre félicité; ajoutons plutôt
aux erreurs riantes de notre

imagination... Loin donc d'exa-
miner froidement, avec le scal-
pel de la critique, cet être charmant qui nous offre de suite la
possession de ses plus secrètes
beautés, jouissons - en ; il ne
tient qu'à nous de devenir heureux, et cela sans efforts, sans
soin, sans suivre un cours de
galanterie épineux... Que pou-
vez-vous répondre à ces asser—
tions ? Ici *le passé* n'apporte
point dans notre ivresse le poids
d'une importune réflexion, *le*
présent est toute jouissance,

3.

et *l'avenir* n'altère en rien notre délire, par la crainte d'une postérité indiscrète, ou la surveillance d'argus odieux et importuns. Sortis des bras de nos charmantes *Cyrcés*, il ne reste en nous et dans nos sens enflammés que les traces encore brûlantes d'un plaisir qui se dissipe insensiblement comme un songe voluptueux ; nous nous réveillons tout-à-fait, et l'objet qui nous a prodigué des félicités *seulement physiques*, sans avoir fait aucune impression sur notre cœur, est déjà

entièrement effacé de notre esprit... Voulons-nous ramener
le lendemain des songes aussi
enchanteurs? L'objet vénale et
commode qui les a fait naître ,
est toujours *là ;* exact à s'offrir
à nous , il est prêt à nous céder
du bonheur et de la volupté *à*
tant le soupir ; vous y avez le
double charme de la nouveauté;
ce n'est pas une volupté uniforme
que le même personnage cause
dans des plaisirs légitimes ; ce
n'est pas, dis-je, une félicité
aussi périodique que mono-
tone : ici la nature, féconde en

sujets différens, multiplie à l'in-
fini les nuances du plaisir et
ses sensations ; vingt modèles
de diverses tailles et figures,
n'étalent-ils pas avec profusion
dans les galeries la variété de
leurs appas ?..... Toutes ces
épouses *d'un moment*, dans
leurs noces fugitives et passa-
gères, n'acquièrent point du
tout sur vous les droits d'une
femme grondeuse, jalouse, im-
périeuse ; au contraire, à peine
êtes-vous devenus leurs époux
aux autels de la Nature, qu'elles
brûlent d'impatience de vous

prouver, en vous quittant, que vous n'avez serré avec elles que des liens de fleurs prompts à se dissoudre, et aussi légers que leur caractère. Admirez donc, mon cher auteur, l'avantage de pareilles institutions, et changez votre air cagot et hargneux contre celui de l'enthousiasme et de la reconnaissance ; car, d'honneur, vous êtes un petit ingrat. Venez encore avec moi, par exemple, chez la D****, ou dans quelques maisons de bon ton, *à parties.* Que dites-vous de cette bourgeoise *com-*

me il faut, et qui a tous les attraits d'une femme honnête, sans
en avoir les rigueurs ? Un mari
impitoyable ne veut pas subve-
nir à des dépenses de toilette
les plus raisonnables du monde ;
il faut donc qu'elle déroge à
ses principes, pour ne pas faire
peur, et être mise comme tout
le monde. Aimez-vous une taille
svelte ? Une jeune personne in-
téressante, élevée à l'Ile Saint-
Louis ? la voici. Une habile en-
tremetteuse, directrice de ce
manége, *dresse* des sujets à
tous les goûts. Un excessif em-

bonpoint aurait-il pour vous
quelques charmes? Madame
de B***, qui ne pèse que trois
cent cinquante-cinq livres, et
offre comme la Vénus hotten-
tote, dans toutes les parties de
sa personne, les plus belles su-
perfétations, est votre fait. La
maigreur vous paraît-elle pré-
férable? Voici de suite un bril-
lant sujet, qui n'est vraiment
qu'une petite charpente ostéolo-
gique, à laquelle des nerfs délicats et vifs donnent le plus grâ-
cieux mouvement. Je vois votre
mine renfrognée; vous criez au

scandale, à la corruption du
siècle : que voulez-vous ; il faut
plutôt laisser aller les chose
telles qu'elles sont, comme di
fort judicieusement l'ange Itu
riel, que de reconstruire l'édi
fice de la moralité publique
ses imperfections même consti
tuent sa solidité; les faire dispa
raître serait peut-être s'expose
à voir s'écrouler le monument
et pour revenir à votre *Cri de l*
Pudeur, exposer le sexe entie
à de grands dangers, pour ces
ser d'en sacrifier une partie a
maintien même des mœurs. Rap

pelez-vous cette ingénieuse al-
légorie de Voltaire, qui com-
pare la ville de Babylone à une
statue composée des métaux
les plus précieux, comme des
objets les plus vils : Paris est
cette statue ; la briserez - vous ,
parce que des diamans sont
quelquefois enchâssés dans la
fange ?... Non ; laissons donc
le monde tel qu'il est, sans nous
ériger en censeurs terribles. Je
ne m'en dirai pas moins l'éditeur
et le protecteur de votre *homé-
lie* , parce que toute produc-
tion, qui a de bonnes inten-

tions, peut amener quelque
bien ; et, sous ce rapport, elle
mérite le plus favorable ac-
cueil ; je désire que le public en
conçoive la même opinion.

G. B.

LE

CRI DE LA PUDEUR.

Je n'ai point la prétention de m'ériger ici en législateur présomptueux, en observateur tranchant, en réformateur de la cour et de la ville, et de faire tacitement le procès à des hommes d'état, beaucoup plus expérimentés que moi, sur la matière que je vais traiter rapidement : loin de moi toute spéculation d'amour propre, étrangère au bien que je me propose, seul but où

4

tendent mes efforts ; je me borne-
rai à indiquer le mal, en désirant
sincèrement sa destruction ; j'en
développerai, autant toutefois que
le permettra le cadre étroit d'une
brochure, les funestes conséquen-
ces ; et de la même plume, ainsi
que des mêmes élémens dont j'ai
composé le *Numéro* 113 ou *les
Catastrophes du Jeu*, ouvrage des-
tiné à montrer dans son plus grand
jour les suites de cette fatale passion, je vais tâcher de peindre,
sous les yeux du moraliste, des
désordres d'un autre genre, plus dé-
sastreux sans doute, puisque l'a-

mour du jeu ne porte atteinte , en général, qu'à la fortune , et que l'autre fléau, dont je vais entretenir mes lecteurs, je veux dire la fréquentation et la multiplicité des femmes publiques, ne porte que trop souvent des coups mortels et nous traîne maintes fois au tombeau à travers les horreurs et les tortures lentes d'une ignominieuse et fétide agonie. . . . . Que d'autres s'enfoncent dans les dédales de la politique, et, affectant de connaître ses ressorts et son machiavélisme, n'emploient effectivement leurs dangereux talens qu'à faire revivre des haines et des divisions que le temps paraissait avoir ensevelies dans une profonde nuit ; je m'éloigne de ces charlatans meurtriers, de ces philosophes artificieux, de ces empiriques de tous les partis qui, pour conserver leurs richesses et leurs honneurs (*je ne dis pas leur honneur*), crient sans cesse, *paix ! paix ! union ! concorde !* le brandon de la discorde à la main, le feu des passions dans les yeux, le cœur rempli de fiel, et toujours la vocifération à la bouche : n'étant pas la dupe de cet art de la médiocrité et de la bassesse qui les maintient à chaque réaction sur le pinacle, et qui leur enseigne à sauter lestement d'un vaisseau qui s'engloutit, sur un vaisseau qui vogue à pleines voiles, en ne les obligeant que de changer de *livrée*, je n'acheterai point de *leurs drogues*, et mes principes me garantiront bien de les imiter. Ce qui me semble seul digne de servir d'exemple, c'est la conduite sage, la clémence auguste d'un souverain vertueux, magnanime, qui veut le bonheur de ses sujets, même les plus ingrats, et cherche, comme Octave vis-à-vis Cinna, à les sou-

mettre et à les réunir autour de
son trône à force de bienfaits.
D'ailleurs le gouvernement est
maintenant et veut être *régénéra-
teur;* il doit écarter tout ce qui
peut obscurcir cette brillante et
consolante perspective. Je vais
donc ici, comme par devoir de ci-
toyen, apporter ma faible part de
lumières sur un sujet qui réclame,
impérieusement ce me semble, les
méditations du monarque et du ju-
risconsulte.

Avant de décrire les cruels résultats de la débauche, sous les
yeux d'une jeunesse inexpérimen-

tée, et de découvrir, ainsi que l'*Onanisme* le fait sur un point important, les tableaux fidèles qui doivent représenter *les cicatrices du vice*, les plaies souvent incurables du libertinage, tels que les salons du sieur Bertrand, au Palais-Royal, les offrent en cire à l'œil épouvanté, voyons d'abord le mal moral, et, à cet effet, parcourons le Palais-Royal sans pruderie, sans affectation d'austérité; ne nous y revêtissons pas d'une vertu et d'une pudeur d'emprunt, mais examinons les choses et les personnes d'un œil impartial; cependant,

malgré cette même impartialité,
mes sens se soulèvent dans cette
école *normale du vice*.......... A
chaque pas, à chaque arcade de
ces galeries souillées, une scène
indécente, une expression infâme
d'*argot*, une *pantomime* obscène
de la part d'une prostituée, vient
blesser mon oreille ou choquer mes
yeux...... Des particularités, des
à-parte dégoûtans répugnent à mes
sens, provoquent mon indignation,
et je ne m'aperçois que trop que je
suis au centre de la métropole de
la débauche, et que ses annexes,
ses succursales et ses plus petites

ramifications enfin ne suivront que
trop servilement les dogmes de son
affreuse doctrine et les leçons de
son infâme dialecie. Cependant,
dans tous ces ateliers du faux plaisir et des jouissances factices et *de*
commande, où le délire et l'ivresse
des sens ont leur tarif, je remar-
que partout la main et l'autorité de
la police, le soutien et la protection du gouvernement; lui-même
a fait *la part* du vice dans ces cloa-
ques pernicieux; le législateur,
dis-je, a fait ses concessions et as-
signé ses domaines à l'immoralité,
comme un général d'armée, le

jour d'une bataille, trace les posi-
tions et fait la part inévitable de la
Mort. Une réflexion ne naît-elle
pas aussitôt de cet état de choses ?
Ne trouve-t-on pas inconvenant,
odieux même, que, dans la nécessité prétendue d'ouvrir des théâtres
licites pour y laisser exercer les tur-
pitudes du libertin, on ait fait tomber le choix précisément sur la résidence de nos magistrats les plus
révérés, de ceux qui approchent
du trône par les rapports de la lé-
gislation, et qui se trouvent privés
de la jouissance d'une partie de ce
palais, pour la commodité du Vice

même , qui y étale impudemment ses fleurs , ses poisons, ses essences enivrantes, ses serpens , et y souffle partout son haleine contagieuse!....... Que doit donc dire l'étranger au premier aspect de cette inconvenance, de ce contraste monstrueux ! Et pourquoi , doit-il s'écrier, l'asile des Arts et à la fois de la plus haute Magistrature, se trouve-t-il profané à ce degré d'audace?...... Comment! un monument que l'étranger admire ne pourra pas s'offrir à ses regards sans ces odieuses inconvenances!!!..... Un des plus beaux

5

palais de la capitale contient des
objets faits pour révolter la pudeur !..... Et la femme honnête se
trouve comme séquestrée chez elle
par l'abjection même d'une partie
de ses voisines..... Les idées viennent en foule sur un tel sujet, ainsi
que des raisonnemens d'un triom-
phe certain ; et la fécondité des
raisons annonce elle-même la justesse des remarques. Le lecteur ne
manquera sans doute pas d'y puiser des motifs d'y applaudir ; sui-
vons donc notre propos, et effor-
çons-nous d'exprimer, sous des
nuances et des couleurs, autant

ménagées qu'un examen si délicat
le comportera , ma pensée sur ces
lieux infâmes tolérés par les lois.
Je sens que je me suis placé entre
deux sentiers glissans, et ai entre-
pris une tâche fort difficile. Si, d'un
côté, il me faut peindre avec éner-
gie et vérité des faits révoltans ,
pour en inspirer d'autant plus de
dégoût et d'horreur ; d'un autre, il
faut dérober, sous un voile épais,
les mystères, ou , pour mieux dire,
les iniquités du plaisir et de la débauche ; et si , de temps en temps,
j'ose les laisser entrevoir, ce ne
peut être que sous une gaze déli-

5.

cate, sous l'aveu d'une scrupuleuse
pudeur, et pour ainsi dire comme
des mots d'énigmes presque inex-
tricables....... Situation vraiment
embarrassante, dont je viole les
bornes si je les outre-passe, et dont
je manque le but si je parcours
l'espace avec trop de timidité et de
réserve......

Voilà un faune, une bacchante
couronnée de pampres et de raisins,
dirait-on à un peintre ; un thyrse à
la main, cette dernière respire,
dans tous ses mouvemens, le feu
de la volupté et du désir ; il faut
peindre l'un et l'autre, exprimer

sur la toile la lasciveté de leurs at-
titudes ; mais, ajoutera-t-on , pour
condition expresse , il faut à la fois
bien vous garder de donner un seul
coup de pinceau qui éveille les sens
de vos spectateurs ; éviter surtout
d'alarmer la pudeur en présentant
des images voluptueuses. Ce sont
deux contraires impossibles à réunir, répondra-t-il ; mais, insistera-
t-on , le bien de la moralité publique l'exige impérieusement. — Les
mœurs veulent être vengées.....

Telle est ma position, car ce peintre est moi-même qui me suis im-
posé cette tâche sur le bien qui en

peut résulter, et non sur les diffi-
cultés de l'exécution. Je n'ai qu'un
moyen, c'est de détruire toutes les
illusions, tous les prestiges dans
l'imagination du lecteur, aussitôt
que je pourrai supposer que mes
images auront pu en faire naître
dans son esprit; c'est d'arracher l'é-
corce séduisante et trompeuse dont
l'idole de la fausse volupté est couverte, et démontrer aussitôt ce que
sont effectivement, sous un vernis
imposteur, LES NYMPHES DU PALAIS-
ROYAL. Que verra-t-il en effet sous
le rouge prodigué, la céruse, les
faux râteliers, les faux cheveux,

les suppléans , la ouate officieuse ; le fard, un corset artistement mé‑ nagé , et enfin sous plusieurs cou‑ ches de blanc délayées dans le lait virginal?..... Une triste et *dange‑ reuse* réalité , le néant de sa chi‑ mère, une caducité prématurée , des plaies contagieuses, des infir‑ mités secrètes, des maladies occul‑ tes , un moment palliées par l'art meurtrier d'un charlatan...... Que découvrira-t-il sous le faux exté‑ rieur des grâces, de la jeunesse et de la beauté ?..... Des appas *relevés* et *arrondis* à l'aide d'une violente compression, un corps usé, seule‑

ment soutenu d'un embonpoint factice, et qui recèle dans son sein,
sous l'attirail des fleurs, des faux
diamans et d'une brillante toilette,
sous la couche d'une fraîcheur arti-
ficielle, les sources profondes de
maux sourds et invétérés, qui servent comme de dignes bases au
trône souillé du Plaisir ; que dis-je ?
il verra avec un surcroît de dégoût
et plein de repentir de l'imprudence
qu'il a commise, des élémens de
contagion prêts à éclater, comme
un gaz malfaisant, à la moindre
chaleur étrangère..... Qu'il s'éloigne donc au plus vite de ces ob-

ets pestiférés ; déjà , dans des at-
eintes précédentes, ils ont servi de
ujets de profonde méditation au
uédecin , et à la fois de pièce d'ex-
érience à la chirurgie opératoire!..

Quel sera l'étonnement de mon
lisciple , à la vue de ces cancers
ecrets qui rongent sourdement les
lus beaux contours de sa divinité
lâtrée, et dont les attraits fragiles,
ncapables de soutenir les regards
lu matin, ont besoin, toutes les
'ingt-quatre heures , d'une répa-
ation générale !...... Brûlera-t-il
ong-temps de désirs fougueux pour
des charmes dont le plus léger con-

tact transporte en soi tous les pō
sons syphilitique ?.... Oh ! ma vic
toire n'est pas un moment dou
teuse, ses yeux, son odorat révo
tés me la confirment, et je l'arra
cherai d'autant plus facilement de
bras de la Séduction , que je lui au
rais mieux décomposé, sous se
propres yeux, les élémens de l
coupe empoisonnée dont il a voul
un instant s'enivrer....

De temps non immémorial, mai
très-reculé, LES FILLES sont maî
tresses de parcourir les galeries
les allées, les passages, et enfi
toutes les sinuosités et détours *ca*

verneux du Palais-Royal ; personne
n'a le droit de les troubler dans
leurs *augustes* fonctions, elles y
agissent en *péripatéticiennes*, si
l'on considère qu'elles ne s'y livrent
à leurs spéculations galantes *qu'en
se promenant*. Etres nuisibles à la
société, tour à tour androgynes ou
hermaphrodites, caméléons et pro-
tées impudiques, elles revêtent aussitôt le caractère de libertinage qui
peut convenir à leurs intérêts ; l'or
sait les amollir comme une cire
flexible qui se prête à toutes les
formes et à tous les goûts. Enfin,
toujours dociles sous l'unique joug

de l'intérêt, elles *s'assouplissent*, si je puis m'exprimer ainsi, au gré de toutes les bizarreries les plus déréglées, et suppléent même à l'imagination stérile du *miché*, lorsque, novice dans l'art des heureuses monstruosités, il ne marche dans ce gouffre que d'un pied timide et ignorant...... Je n'ajouterai donc rien sur les attributions de mes héroïnes, et touchant leur servile soumission à tous ceux qui se présentent à elles l'or à la main ; serait-ce le dernier des hommes et par l'âge et par sa difformité, comme par sa mise et son état, le tribut qu'il ap-

porte, l'offrande qu'il fait à un autel
sans cesse bannal, lui donne aussitôt le pouvoir de prétendre aux faveurs réservées au plus chéri comme au plus aimable des amans......
Transfuges des autels de la Ma-
ternité qu'elles éludent et qu'elles
évitent par des menées criminelles,
par des breuvages avortifs, elles
n'offrent dans leurs personnes, au
moraliste, ni des *filles*, ni des
veuves, ni des *femmes*, ni des
vierges : mortes dans une partie des
plus sacrées de la destinée de leur
sexe, et presque civilement, elles
ont fait, de gaieté de cœur, divorce

6

avec tout ce que l'on révère, et à
peine si, dispensatrices et ministres
du Plaisir, elles peuvent en donner
la plus légère idée. Leur esprit
grossier, et pour la plupart d'entre
elles sans culture, ne sait pas qu'il
ne naît que dans la délicatesse des
sentimens et par l'aiguillon des dif-
ficultés.

L'enfance, le croirait-on, ne
manque pas d'être associée et com-
plaisamment admise aux colporta-
ges mercantiles de la débauche.
Sous les auspices de leurs aînées,
de jeunes filles, qui sont encore
loin même de l'âge de la nubilité,

vous offrent, au Palais-Royal, dans les divers panoramas , leurs adoles-cens appas, leurs *mignones* com-plaisances ; cependant la police les voit et garde le silence.....

C'est vainement que la nature , immuable dans ses immortels ou-vrages , indique qu'il faut attendre religieusement le dernier point de sa perfection , pour faire partici-per le sexe aux honneurs de la créa-tion , et surtout l'écarter de la pros-titution et de la bannalité..... Le vice viole ici ces lois sacrées , il souille , il profane d'une main sa-crilége et homicide le sanctuaire

6.

imparfait de l'Hymen ; et ce sont
presque toujours des vieillards, ori-
ginalement libertins , qui se com-
plaisent criminellement à jouir des
vicieuses dispositions de ces *mor-*
veuses ; ils trouvent un attrait
odieux , un lâche plaisir à savou-
rer, *à détruire des germes,* à anéan-
tir *des espérances ,* et , par une
lasciveté infernale , ils accueillent
le libertinage souvent famélique de
ces enfans, qui ne font toutefois
hommage que celui d'une virginité
avortée , dépouillée des charmes
et des avantages d'une croissance
complète ; ces jeunes filles enfin

sont, si je puis me servir de cette
expression , des *embryons de liber-*
tinage, dont le vice fait sa proie ,
et qu'il corrompt même avant qu'ils
aient obtenu, par l'âge, la moindre
consistance.....

Voilà donc esquissés à grands
traits les portraits des premières
actrices de ma brochure. Comme
je l'ai déjà fait entendre, le Palais-
Royal, célèbre dans l'Europe et
dans le monde libertin, doit paraître, aux yeux de l'étranger, leur
résidence de choix et de prédilection dont elles jouissent comme
d'un bien patrimonial. Il ne man-

que vraiment plus , pour légitimer
leur *bienfaisante* institution, qu'un
code de volupté législative qui fixe
leurs droits et nos rapports avec
elles , y justifie leur présence ,
comme celle des esclaves asiatiques
l'est dans leurs superbes bazars: car,
qui pourrait présumer, à la première
vue, n'étant pas Français, qu'elles ne
sont pas possesseurs de ce superbe
édifice, l'heureux sérail de la nom-
breuse famille qui a droit de l'ha-
biter?..... Leurs *mamans* ou ma-
trones, qu'elles désignent comique-
ment sous le nom profané et avili
de Madame, ne résident-elles pas

près d'elles, comme pour présider
aux promenades, aux loisirs en-
fantins et aux folies *innocentes* et
ingénues de leurs dignes pupilles ?...
Le contraste est vraiment délicieux, pour peu qu'on y arrête un
œil observateur : c'est l'usage ren-
versé. Aux Tuileries, une mère
tient sa fille sous une vigilante surveillance, pour éviter et éloigner
d'elle tout ce qui pourrait porter
atteinte à sa réputation. Ici, c'est
bien différent : MADAME est cour-
roucée quelquefois du peu de conquêtes *lucratives* que fait sa pen-
sionnaire, et son cœur maternel

et sa satisfaction n'éclatent qu'en raison du degré d'impudeur et d'effronterie qu'elle emploie dans ses provocations, *à main armée*, vis-à-vis de notre sexe. Gardez-vous de penser, vous qui êtes à peine initiés dans les divers sanctuaires du temple, que les galeries seules du Palais-Royal, la promenade de la Rotonde, le café de......, celui de D....., et autres, sans nommer certains lieux par leurs véritables noms, et qui servent à des orgies nocturnes, soient seuls infestés de la fréquentation des COQUINES ; bien plus, les caves, le rez-de-chaussée, le salon, les autres étages et les mansardes enfin, sont autant de théâtres autorisés et de témoins déclarés de leurs débordemens. Ce Palais-Royal, dis-je, pour terminer ma période, est un gouffre où, depuis près d'un siècle, les générations vont éteindre la partie la plus précieuse de la génération présente, et lui préparer, sous les auspices de l'inconduite, de l'imprudence et de l'infidélité, des maux héréditaires, des plaies compliquées dont la médecine et la chirurgie chercheront en vain la source dans la succession des temps et l'amalgame des familles.

Telle est donc une partie des mœurs parisiennes, sous le rapport de notre galanterie *épicurienne*. Françaises de caractère, à bien des égards, cosmopolites pour la débauche, ces FILLES sont d'aimables conciliatrices qui pressent indistinctement sur leur sein le Juif et le Chrétien, l'Italien et l'Allemand, l'Anglais et le Français, le Russe et l'Espagnol.

Je viens de dire plus haut qu'elles semblaient, au premier aspect, maîtresses exclusives du terrain et des localités du Palais-Royal ; et les honnêtes femmes, loin de me

contredire sur l'objet de cette asser-
tion, viendront, au contraire, j'en
suis certain, partager mon opinion
sur ce fait. Car, que le retour de
quelque théâtre, une affaire indispensable, ou même le seul sentiment de la curiosité, ou bien encore le projet de se dissiper, les
conduisent dans les galeries, elles
ne peuvent qu'y être révoltées de
la hardiesse, de l'effronterie de ces
filles, dont les gestes, rien moins
qu'équivoques, dont le langage
obscène et l'*argotage* feraient, je
pense, rougir le grenadier le plus
décidé. Ensuite, les liqueurs fortes,

le punch et tous les excès auxquels elles s'adonnent, en altérant la douceur naturelle des organes de la voix, leur donnent bientôt ce ton rauque, aigu et criard qui laisse quelquefois douter si c'est un homme déguisé en poissarde, qui débite, dans ses vociférations, le catéchisme de Vadé.

Quel sera donc l'embarras d'une mère qui, étant inexpérimentée dans la capitale, croit devoir enseigner aussitôt à sa jeune demoiselle les merveilles du Palais-Royal! Le luxe des magasins, il est vrai, ne peut manquer d'éblouir ses sens;

mais, dans la nécessité de passer
avec elle à chaque instant à travers ces sortes de *barricades du
vice*, parmi toutes ces Amazones
de la débauche, d'être même l'une
et l'autre pressées et coudoyées par
elles, les entendant à la fois provo-
quer, sous leurs *habits de combat*,
les athlètes en *combat singulier*....
Combien elles seront blessées, et
que leur pudeur aura eu à souffrir !
Le premier sentiment de cette mère,
inconsidérée sans doute, sera de
fuir, mortellement inquiète de l'impression défavorable et dangereuse
que la vue de ses hideux objets a

7

pu produire sur l'esprit de sa fille,
et de la tromper bientôt par quelque sage imposture, sur le métier
et les occupations de ces dames,
dont la jeune personne, par excès
d'innocence quelquefois, n'a pas
deviné aussitôt le genre criminel
de profession.

C'est bien ici le cas d'ajouter,
en faisant allusion à un adage connu, et en parlant du Palais-Royal :

« La mère sensée et prudente n'en per-
» mettra pas la promenade à sa fille. »

Souvent, sans doute, une jeune
femme est loin de comprendre ces
monosyllabes indécens, ces équi-

roques sales , ces métaphores hon-
euses dont elles se servent , dans
in accès de bel esprit , pour expri-
ner une idée affreuse , dégoûtante,
qui révolte les lois même de la na-
ure , et laisse présumer une recherche de débauche aussi crimi-
nelle que blasée ; mais la préven-
ion dans laquelle elle doit être ,
qu'il ne peut sortir de pareilles
bouches que des pensées ordurières
et crapuleuses, ne fait qu'ajouter à
ce qu'elle n'a heureusement pas
compris, la certitude que quelque
sens horrible est renfermé dans une
hrase d'argot , et lui donne à la

7.

fois la présomption et la mesure de toutes les infamies qui doivent passer entre elles en circulation, lorsque, *réunies en famille*, sous les yeux d'une ou plusieurs MADAMES, ou encore de leurs protecteurs, vulgairement appelés *ruffians* ou *souteneurs*, elles se livrent sans frein et sans aucune considération importune d'*étiquette*, à leurs bacchanales impies...... Ce doit être alors que le Vice, armé de son sceptre, sur son véritable trône, entouré de ses plus chères courtisanes, ne laisse rien à désirer pour composer un tableau de débauches et de dissolutions......... Le *Grand Salon*, que j'ai vu en 1788, représentait ces scènes infâmes d'une manière qui n'était que trop fidèle ; mais le Palais-Royal, jaloux de rivaliser avec un tel compétiteur, et d'effacer les succès d'un frère aîné, a montré bientôt, dans le cours d'une révolution, mère de tous les vices, que, loin d'être indigne des honneurs de la fraternité, à l'égard du Grand Salon, il pouvait non seulement s'élever, dans ce genre, au niveau de son aîné, mais lui prouver encore que l'âge et l'ancienneté n'é-

taient, à cet égard, qu'un pur mérite d'opinion.

Le Cirque s'éleva donc au sein
même du Palais-Royal. Son digne
ciment avait sans doute été de
fange et de boue ; le jeu et la débauche, pivots principaux et ali-
mentaires de cet établissement,
réceptacle de tous les crimes con-
nus, prirent cependant un essor
si audacieux qu'il fut incendié en
1798, comme une autre ville de
Sodôme, peut-être plus criminel
qu'elle...... Croyez-vous toutefois
que l'accroissement de nos lumières, depuis cette odieuse époque,

nous ait fait déroger à cet égard ?....
Oh ! que non ; nous avons eu l'art
(et même nous pourrions, à ce
sujet, nous faire accorder les honneurs du brevet d'invention) de
créer . . . . . comment dirais-je le
mot ? Il est si trivial, si indécent !
Enfin, on le devinera, on se le de-
mandera ; je vais substituer à sa
dénomination véritable et vulgairement connue des adeptes et des
initiés, une autre désignation qui
le déguisera à peine ; nous avons,
dis-je, dans le Palais-Royal même,
un philosophique établissement,
que j'appellerai modestement ici

un boudoir sentimental , un colysée épicurien , pour ne pas dire
un sabat scandaleux , théâtre de
priapées , où l'effervescence des
passions et l'audace des mouvemens se lient et s'aident sans con-
trainte d'une mutuelle frénésie ,
et offrent le tableau de l'obscénité
dans ses plus fougueux écarts. Des
flots de liqueurs et de punch ,
et toutes sortes de boissons fortes , y ajoutent à l'ivresse des
sens , au feu d'une danse las-
cive, l'ivresse réelle des acteurs ;
et c'est souvent sur des nudités
abandonnées à toutes sortes d'idées

crapuleuses , sur des charmes éta-
lés avec une sorte de profusion ,
qu'un estomac trop chargé se déli-
vre des effets de son peu de so-
briété.... Ce bal respectable , ennemi judicieux de tous préjugés ,
a acquis , en survivance , non
seulement toutes les propriétés et
les qualités de ses deux prédéces-
seurs , le Grand Salon et le Cirque j'ai cités ; mais , sous l'égide
et les lois de l'immoralité et du
plus audacieux matérialisme , il
ne pouvait manquer d'acquérir un
surcroît d'innovation digne de sa
fondation. C'est là que les prosti-

tuées qui *font le Palais* (en termes
techniques) se donnent rendez-
vous, à peu près général, à minuit,
minuit et demi. Des cris de joie ,
des appels d'*argot*, des pressions
de mains comme maçonniques,
et seulement intelligibles pour
elles , un tumulte scandaleux et
des gestes orduriers n'annoncent
que trop leur rassemblement.

Ces prêtresses de Vénus , alors
toutes réunies , paraissent , à l'i-
vresse licencieuse qui les anime,
plutôt dans les convulsions du libertinage , que dans le sentiment
naturel de la joie. Nouvelles Ca-

panées, les desservantes et les bac-
chantes qui figuraient à l'ancien
culte des autels du dieu Priape,
à peine leur seraient comparables
dans leurs orgies modernes.....—
Vous entendez bientôt partir des
éclats de voix dans un fausset étudié, qui semble leur *mot du guet*
de prédilection, et qui, comme
des signaux précieux, sont répon-
dus de suite avec une sorte d'enthousiasme, des quatre points car-
dinaux du Palais-Royal, par les
brebis tardives à s'être jointes à
cet *innocent* troupeau ; ce cri est
la pierre de touche de leur infâme

dialecte , et auquel une entière
fraternité succède aussitôt : beaucoup de personnes , même indif-
férentes sur les allures de ces
femmes , n'auront cependant pas
laissé que d'être frappées de cet
éclat de voix étudié et clapissant
qui a souvent retenti à leurs oreil-
les, soit aux bals du Carnaval (je
veux parler de ces bals dignes de
recevoir les COQUINES) , soit dans
les galeries ; c'est une sorte de
gloussement piallard , semblable
à celui que M. Levaillant attribue
aux Hottentots et autres peuplades
de sauvages , lorsqu'ils s'égarent

dans les forêts de l'intérieur de l'Afrique......

A minuit donc, leurs travaux cessent et leur bonheur commence. Les MADAMES y perdent leurs droits, comme une mère perd ceux qu'elle a sur sa fille lorsqu'elle vient de prononcer ses vœux dans un couvent. Nos héroïnes ne manquent pas de se raconter mutuellement leurs bonnes fortunes , leurs petites jalousies , leurs brigues , leurs rivalités , leurs duels courageux , dont le pugilat a fait les principaux honneurs ; et, J'AI MONTÉ et DESCENDU , sont les deux ter-

8

mes fondamentaux de leurs dialo-
gues et de leurs chuchotemens
touchant leurs diverses spéculations. Détailler ici de nouveau
tous les désordres auxquels elles
s'abandonnent dans ce scandaleux
colysée , soit dans leurs manières
lascives de walser ou de danser ,
soit dans les *à-parte* que les cou-
lisses , ainsi que les propriétaires
de ce théâtre , ne favorisent que
trop , serait , aux yeux de mes lecteurs , une dégoûtante exposition
de faits à laquelle leur imagination
peut facilement suppléer ; bornons-
nous à dire que ce premier acte

d'orgies finit ordinairement à trois ou quatre heures du matin, dans la belle saison, et donne en quelque sorte le signal de la clôture des maisons de jeux qui, dans leur marche, paraissent avoir pris les seules régulatrices qui leur convinssent, je veux dire ces filles publiques. Ce premier acte, dis-je, est aussitôt suivi dans les galeries, du second rassemblement des amans *de prédilection* de ces DEMOISELLES ; elles-mêmes ne tardent jamais à être exactes au rendez-vous. L'intérêt comme l'inclination sont les mobiles de leur exac-

8.

titude. Ces amans ont une désignation d'*argot* qui est *Pingenet*. Le
lecteur bénévole s'imagine peut-
être que ces DAMES, qui coiffent le
diadême, le turban, celle-ci la
couronne virginale ; cette autre, le
croissant ; celle-là, la guirlande
de Flore ou la couronne de plumes
des Incas ; et toutes dans leurs
costumes, affichant un luxe comme
des prétentions aussi ridicules
qu'inconvenantes, justifieront ces
mêmes prétentions par un goût délicat, par un choix d'hommes dignes de leur pompeux et grotesque
étalage ? . . . . Quelle erreur est la

sienne !.... Ce n'est point cela du tout. Oh ! que nous sommes bien plus philosophes que vous ne pensez !..... Les sygisbés de ces DAMES sont bien pris parmi des ARTISTES, mais dans la classe de ceux qui, heureux dans leur état, ne font cependant qu'*essuyer des revers et broyer du noir;* ceux qu'on nomme vulgairement *filoux* sont justement admis à cette cour de phrynés et de messalines, et s'ils n'y ont pas *tabouret*, c'est pour éviter un double emploi, la justice leur en réservant un sur la place de Grève. Joignez à cette bande de voleurs, des adolescens imberbes, dont la figure et les formes efféminées les font servir à des goûts criminels, et quelques hommes sans aveu, qui n'ont pas d'autre asile et d'autre refuge que certaines arcades du côté du Pont-au-Change ; et voilà précisément, trait pour trait, les rivaux que vous vous donnez, lorsque, par une faiblesse impardonnable, dans le cours d'une soirée, vous cédez aux agaceries des COQUINES du Palais - Royal ; trop heureux si vous ne payez votre erreur, en sortant de leurs mains, comme vous le faites d'un pas pré-

cipité et furtif et d'une mine hon-
teuse , qu'au prix d'une *maladie*
de peau compliquée et répercu-
tée, dont vous gratifierez votre
épouse ou votre amie , pour la ré-
compenser de sa fidélité et de
sa bonne conduite , et pour prix
de ses imprudentes liaisons avec
vous.

Je ne suis point encore entré
dans tous les détails de leurs costumes qui , ainsi que les modes de
tous les temps, ont subi, chaque
année , leurs vicissitudes et leurs
changemens. Dans les premières
années de la révolution , la licence,

sous ce rapport, a été à un tel degré d'audace, que moi-même je me rappelle avoir vu, dans l'été, au Palais-Royal et aux Tuileries, des jeunes femmes drapées seulement d'une *seule* tunique de mousseline *à l'Iphigénie.* Cette tunique diaphane était parsemée de paillettes ; l'audacieuse courtisane qui en était revêtue ressemblait à Cypris se dérobant à peine sous un léger nuage de lin et sous une pluie d'or......
—Le mouvement des formes, entièrement ostensibles sous ce délicat réseau, ne laissait absolument rien à *présumer.* La gorge, les

épaules, le dos, les bras offraient
une révoltante nudité et semblaient
porter défi à la Pudeur même.....
Vous vous fussiez cru enfin parmi
les prêtresses du culte d'Otaïti,
lorsqu'elles se disposent à sacrifier
au grand œuvre sous les yeux d'une
foule immense, religieuse apôtre
de ce genre de sacrifices......

Les réunions les plus brillantes
n'avaient pas laissé alors que de
suivre ce cynique exemple; car les
filles publiques donnent, plus qu'on
ne croit, l'impulsion aux costumes
et aux modes. Une beauté célèbre,
du temps du directoire, fut remar-

quée et connue dans tout Paris
pour l'innovation de ses ajustemens
et son luxe effréné. Cette nouvelle
Laïs, ardente et scrupuleuse ob-
servatrice des systèmes à la *Jean-
Jacques*, ne croyait jamais plus se
rapprocher de la nature qu'en la
dépouillant de voiles importuns...

Ce n'est pas ainsi qu'en usaient
nos bons aïeux ; alors un amour téméraire rencontrait, dans la parure
d'une jeune beauté, des obstacles
qui venaient, en quelque sorte,
servir de protection contre une passion trop entreprenante ; la garde
d'un corps a peut-être sauvé plus

d'une vertu chancelante ; et les pa-
niers de nos duchesses étaient peu
propres, ce me semble , à des lar-
cins et à des *chutes brusquées*.....
Non que je veuille , partisan outré
du passé, approuver et ramener une
partie de ce grotesque attirail; mais,
je le répète , on peut y puiser des
leçons de goût et de décence ; on
peut, dis-je , prendre entre ces deux
excès, celui d'une parure trop guin-
dée et d'une mise trop libre , le
juste milieu de l'élégance unie à la
sagesse. Nous avons , objecterez-
vous, touché les deux points ex-
trêmes du ridicule le plus complet

et de l'immoralité la plus inouie ;
eh bien ! mettons à profit notre expérience. Plus qu'on ne pense le
costume agit sur nos mœurs ; la
couleur, le poids, la finesse, la ri-
chesse ou la pauvreté de nos habits
influent tellement sur notre air,
que nos gestes, notre physionomie
se composent souvent en raison de
la médiocrité ou de la recherche
de notre toilette. Que le législateur,
imbu de ces vérités, fasse subir des
lois aux modes, que nos mœurs les
respectent, et que la versatilité de
nos goûts, à cet égard, n'accuse
pas si évidemment la légèreté fran-

çaise au tribunal de l'étranger !...,

Cette petite digression a permis aux DEMOISELLES du Palais-Royal de réfléchir un moment sur les remarques flatteuses que j'ai déjà faites sur leur compte. Revenons à elles pour les suivre *dans le cours d'une campagne*....... Mais qui vois-je venir à moi, le visage baigné des pleurs de la honte et du repentir ?... Une d'entre elles même qui s'offre à me narrer *les catastrophes de sa vie galante*. Quelle bonne fortune pour un auteur qui veut appuyer ses leçons du sceau de l'histoire et de la vérité !—« Comment vous ap-

» pelez-vous, malheureuse? — So-
» phie, me répondit-elle. Lorsque
» j'entrai chez la L***, au Nu-
» méro 113, mes compagnes me
» surnommèrent *Sophie - beau-*
» *corps* (suivant l'usage, qui est
» de nous donner, entre nous tou-
» tes à chacune, un sobriquet cor-
» respondant à nos qualités physi-
» ques); quant à mon nom de
» famille, continua-t-elle, laissez-
» moi vous le cacher; car j'appar-
» tiens à des parens honnêtes, et
» par une fatalité épouvantable,
» lors des premiers pas que je fis
» dans le vice, trompée par l'obs-

» curité, j'eus une fois la douleur
» et l'infamie de faire l'offre inces-
» tueuse de mes charmes à mon
» propre père..... »

Je reculai d'effroi au récit d'un
événement si horrible et si bizarre.

« —Oui, me le répéta-t-elle, j'eus
» cet opprobre à essuyer, et sa ma-
» lédiction fut aussitôt le prix d'un
» si douloureux concours de cir-
» constances et de mon incon-
» duite. D'abord, séduite par un
» chef d'escadron qui me prodigua
» les promesses de s'unir à moi,
» après mon enlèvement, j'en fus
» abandonnée aussitôt que ma pèr.

9.

» sonne cessa de lui présenter l'at-

» trait de la nouveauté et du plai-

» sir. Délaissée et sans ressources,

» long - temps je balançai entre

» l'honneur et ma perte ; mais cette

» lutte inégale, dont la misère ren-

» dait les assauts encore plus in-

» supportables , décida de mon

» sort. Douée de quelque beauté,

» j'eus bientôt une mère de *repré-*

» *sentation*, voire même une tante,

» un oncle, un frère qui, tous,

» par leur habileté comme *entre-*

» *metteurs*, me firent accueillir en

» qualité de *novice* dans maints

» somptueux boudoirs, auprès de

» grands personnages qui, malgré

» leur rang et leurs dignités, ne se
» piquaient pas de pratiquer la
» vertu de la chasteté. Les alliés,
» continua-t-elle, étaient alors
» dans Paris, et les Russes, pro-
» bablement peu connaisseurs en
» véritables prémices, dupes à cet
» égard d'un artifice aussi connu
» qu'ingénieux, me reçurent vingt
» fois comme digne de porter le
» *bouquet virginal*, dont ma pré-
» tendue *mère*, jalouse de mes in-
» térêts, et surtout des siens,
» avait soin de parer mon front,
» en assurant les acquéreurs de
» mes *vierges* appas que la rigueur
» seule de la fortune lui faisait sa-

» crifier le prix inappréciable de
» mon *innocence*........ Qui sait
» cependant mieux que moi, s'é-
» cria-t-elle, les douleurs atroces
» que m'ont coûté tant de vertu et
» de chasteté de ma part ! Mon
» bouquet virginal, tant de fois
» flétri et rajusté, bientôt ne fit
» plus de dupes ; la banalité et la
» fréquence des hommages étei-
» gnirent mon éclat, ma fraîcheur ;
» je fus obligée de quitter les *jeu-*
» *nes premières*, et de passer à des
» emplois subalternes , consé-
» quemment moins lucratifs; je
» cessai enfin d'être une *débu-*
» *tante*. Une amie, femme d'es-

» prit et d'intrigue, me conseilla,
» dans cet état inquiétant, de jouer
» le rôle d'une *chercheuse de dî-*
» *ners.* Après me l'être fait répé-
» ter, je dînai quelque temps aux
» dépens du premier sot, ayant
» pour toute occupation de me
» promener dans le voisinage du
» Palais-Royal et aux divers pano-
» ramas, depuis onze heures du ma-
» tin jusqu'à trois. Cette officieuse
» amie me donna également l'idée
» d'un autre stratagême qui me
» réussit quelque temps, et qui
» avait eu aussi pour elle quelque
» succès ; je vais vous l'expliquer,
» dit-elle ; le voici : ce fut de me

» mettre à chanter le soir dans le
» Louvre, et quelquefois dans la
» cour des Fontaines, couverte
» d'un grand voile qui me cachait
» entièrement, si ce n'est ma taille,
» qui décelait ma jeunesse et les
» avantages de mes formes, que
» je faisais remarquer par une toi-
» lette modeste, mais étudiée; là,
» m'accompagnant sur un luth,
» dont j'avais appris seulement
» quelques harpèges, je ne laissai
» pas que de faire quantité de du-
» pes, au moyen de quelques com-
» pères à mes gages, qui avaient
» soin de faire circuler dans le
» cercle nombreux qui m'entou-

» rait , que j'étais *mademoiselle*

» *de***, ancienne famille , et que*

» *les malheurs de la révolution*

» *m'avaient réduite à cette humi-*

» *liante extrémité*; par cette ruse ,

» j'étais souvent suivie en me reti-

» rant ; plusieurs personnes même

» me donnèrent des secours entiè-

» rement désintéressés , et , pro-

» bablement par quelque rapport

» de situation , se piquaient de

» largesses vis-à-vis d'une égale

» dans le malheur ; mais certains

» voluptueux voulurent que leurs

» bienfaits fissent céder ma pré-

» tendue vertu de si haute origne,

» au joug de la nécessité ; et glo-

» rieux ensuite d'avoir triomphé en
» moi des préjugés et des combats
» d'une si orgueilleuse noblesse,
» ils me quittaient, ivres de mes
» faveurs et gonflés à la fois des
» vapeurs d'un amour propre que
» de *cuisans* regrets n'éteignaient
» que trop tôt en eux, en les pu-
» nissant en même temps de leur
» fatuité égoïste...... Mais ma pe-
» tite vanité et ma santé, d'ailleurs,
» souffraient infiniment dans ce
» manége et ces bassesses ; je me
» déterminai donc à prendre un
» essor plus ambitieux et à jouer
» l'épouse d'un officier supérieur
» qui, privée de la correspon-

» dance de son mari par le fait de
» la guerre, se trouve dans la si-
» tuation d'une riche malaisée.
» J'avais soin de tenir avec moi
» un joli enfant habillé très-riche-
» ment à la mameluck, qui passait
» pour mon fils, et que je louai
» 6 fr. par jour à la femme d'un
» agioteur, pour représenter cette
» *farce*. Mise en femme honnête,
» accompagnée d'une femme de
» chambre, et placée, entre midi,
» une heure, dans une des allées
» les plus fréquentées des Tuile-
» ries, ayant deux chaises vacan-
» tes près de moi, j'attirais sou-
» vent, avec cette grossière amorce,

» quelque riche sexagénaire qui,
» tout glorieux des conquêtes de
» sa vieillesse, me prodiguait son
» or, en reconnaissance du bon-
» heur mensonger dont j'enivrai
» sa sotte et crédule vanité. Prise
» alors pour la femme d'un officier
» général fait prisonnier ou tué,
» et déterminée par la force de la
» nécessité, j'acceptais des propo-
» sitions révoltantes en toute au-
» tre circonstance. D'abord ma
» dupe parlait à *mon fils*, le cares-
» sait ; à peine cette ouverture
» avait-elle lieu, que *la mémoire*
» *et le silence de son malheureux*
» *père* venaient m'arracher une

» feinte larme, un profond sou-
» pir, et mon plan aussitôt ame-
» nait un plein succès sous ces
» comiques préludes. C'était, d'ail-
» leurs, ajoutait mon raisonnable
» séducteur, la femme d'un *ca-*
» *marade* qu'on prétendait obli-
» ger........ Mais les plus belles
» illusions s'évanouissent, l'astuce
» le plus fin se dévoile. Reconnue
» incessamment pour ce que j'étais
» véritablement, je fus réduite,
» après avoir parcouru toutes les
» maisons de *passes* et à *parties,*
» avoir singé et contrefait *la bour-*
» *geoise malheureuse* chez la *D****,
» *la D****, *la D****; *la T****, à

10

» descendre au numéro 113, chez
» la L***, où, vendue et nourrie
» comme une esclave aux harems
» d'Alexandrie, je paie mes maîtres
» du honteux trafic de mes char-
» mes dégradés. Je ne vous ai pas
» découvert, ajouta-t-elle encore,
» le côté le plus douloureux de mon
» histoire. Vous pouvez croire,
» sans difficulté, que ma santé fut
» souvent compromise en deve-
» nant l'épouse soumise de tant
» de dangereux amans ; l'or, il est
» vrai, pleuvait sur moi comme
» sur une autre Danaé ; mais ce
» même or corrupteur, en me fai-
» sant fermer les yeux sur les at-

» teintes empoisonnées que j'avais
» reçues, à peine me suffit-il, par
» la suite, pour m'en guérir. Mes
» dents, mes cheveux tombèrent;
» la maigreur, le marasme même
» succédèrent à l'embonpoint; une
» haleine infecte acheva de flétrir
» mes lèvres décolorées, et d'é-
» loigner quelques amans coura-
» geux qui, par commisération,
» cultivaient encore de loin en loin
» ma société. Dans cette position
» horrible, la Faculté agita la
» question de me faire l'amputa-
» tion du nez, ou de laisser à la
» putréfaction même ce cruel of-

10.

» fice...... Je me rétablis enfin au
» prix de quelques cicatrices que
» le feu des caustiques me laisse
» pour la vie ; cependant, depuis
» ma guérison, qui n'est que très-
» imparfaite, je traîne une exis-
» tence à laquelle la mort est pré-
» férable. Des douleurs aiguës
» m'assiégent jour et nuit, et trou-
» blent mon cerveau, et je sens
» courir dans tous mes membres
» un poison lent et corrosif, que
» les praticiens appellent *exosto-*
» *ses.* C'est inutilement que je me
» rendis à *Pantin* et à *Nanci* (c'est
» ainsi que les filles appellent l'hos-
» pice des Capucins), que je pris

» quelque temps pension à la mai-
» son de santé de M. C*****, sans y
» jouir d'aucun adoucissement à
» mes maux, auxquels l'art ne peut
» probablement plus rien , je n'y
» eus sous les yeux que d'affligeans
» spectacles dans les deux sexes.
» Je n'entreprendrai pas de vous
» les représenter ; ils sont trop dé-
» goûtans , et d'ailleurs vous paraî-
» traient incroyables ; qu'il vous
» suffise de savoir que ces tristes
» fruits du libertinage , qui atta-
» quent la jeunesse comme l'âge
» mûr, le pauvre comme le riche,
» sont le partage ordinaire de mes

» camarades , et qu'enfin je n'ai
» que trop mérité mon sort. »

C'est ainsi que mademoiselle Sophie , dite *Beau-Corps*, termina sa
scandaleuse narration , et j'ai cru
devoir la mettre sous les yeux du
lecteur, comme l'histoire succincte
et résumée des prostituées en général , ainsi que de leur décadence
inévitable. Il est vrai que l'on cite
dans Paris , telles que la *Belle
Blonde, la tête de Cheval, la belle
Dent,* héroïnes de 92 , au Palais-
Royal , quelques femmes publiques
qui ont eu l'art d'asseoir une fortune considérable et solide sur les
bases de la débauche et du vice

même ; mais qu'on ne se fasse pas illusion sur ce phénomène en immoralité, sur cette prospérité éphémère ; le principe même étant vicieux, une justice distributive qui finit toujours par mettre tout à sa véritable place, sous la volonté d'une puissance supérieure et cachée, atteindra tôt ou tard ces criminelles propriétaires, et les dépossédera des richesses dont l'origine n'a pour titres que la prostitution et le mépris de la vertu.

Après cet épisode (je veux dire les aventures de Sophie-*beau-corps*), qui m'a paru renfermer la leçon générale de l'expérience, envisa-

geons les femmes publiques , ou
ce mal nécessaire, suivant l'expression de quelques jurisconsultes , et
également de la multitude , sous
l'aspect de l'utilité morale et publique ; « c'est , dit-on , dans une
grande cité , la sauve-garde même
de l'innocence et de l'honneur du
beau sexe ; c'est , ajoute-t-on , un
article essentiel et indispensable
du pacte fait avec les mœurs et
la vertu des femmes. Ne pouvant
maintenir sans cesse dans les li-
mites de la continence les passions
fougueuses de l'homme , surtout
celles que la nature semble le plus
autoriser, il a fallu , dit le légiste ,

composer avec elles et faire un sa-
crifice aux dépens de la Pudeur,
pour garantir d'atteintes la Pudeur
même. Dans l'impossibilité d'arrê-
ter entièrement les débordemens
d'un torrent fangeux, il a bien fallu
lui sacrifier un terrain, lui accorder un lit, afin que toutes les con-
trées ne fussent pas infestées de son
limon destructeur. En outre, dit-
on encore, il a été reconnu nécessaire, par les résultats de notre propre civilisation, d'établir légale-
ment un certain nombre de filles
publiques, pour assurer le repos
des femmes de bien. On ajoute,
à ce système inconvenant, à ce

paradoxe, que le négociant en voyage, absent de son épouse, le militaire en garnison, le célibataire misanthrope, ainsi que l'être disgracié de la nature, ne pouvant jouir incessamment de plaisirs légitimes, et incapables, par la force de leur constitution, ou ce dernier, par sa difformité qui le rend un objet odieux pour le sexe, de soutenir des privations d'une trop longue durée, trouvant auprès des filles publiques un accès facile, n'entreprennent point, guidés par un amour astucieux et perfide, de faire tomber dans quelque piége les femmes de bien. A les entendre, ces

subtils apologistes de la prostitution, la réforme des maisons publiques donnerait aussitôt naissan-
ce à une foule de *Valmonts*, de
Lovelaces, qui ne manqueraient
pas de déployer, contre le beau
sexe, tous leurs moyens de séduction..... » Ainsi, avec ces sophis-
mes, on ne reconnaît aucune vertu
à l'homme ; on ne veut pas même l'a-
cheminer à en contracter la douce
habitude, en éloignant de ses yeux
des objets séducteurs ; et dans ces
ateliers infernaux de débauche, on
provoque même ses écarts, ses dé-
réglemens, sous l'égide des lois et
d'une police attentive à ses plai-

sirs, qui couvre d'un manteau commode et tutélaire les doubles écueils de la santé et de la sagesse... Mais cependant, si ces repaires du libertinage étaient fermés, ainsi que les maisons qui donnent à jouer, comme je l'ai répété à satiété dans mon *Numéro* 113 ou *les Catastrophes du Jeu*, ce militaire, ce négociant, ce célibataire, personnages que je viens de mettre en scène, et qui, l'un et l'autre, ne sont souvent libertins que comme un grand nombre de joueurs, seulement par circonstance, ne succomberaient pas à la tentation, ou beaucoup plus rarement, si l'on

n'avait pris le soin meurtrier d'en-
tourer leurs pas d'écueils, dans
tous les quartiers de la capitale!...
Si, par exemple, un jeune pro-
vincial, imbu de bons principes,
a su résister à lui-même, et n'est
tombé encore dans aucune des em-
bûches que la Volupté et la Débauche lui tendent à chaque pas
dans la souveraine des cités, le
Palais-Royal va jouir indubitable-
ment de sa chute. Vous empêchez
donc évidemment l'homme de bien
de tourner insensiblement ses habitudes et ses goûts vers des loisirs
et des sentimens honnêtes : n'en
doutez pas, une volupté délicate de

cœur et d'esprit, remplacerait bientôt les désirs grossiers ; les femmes estimables , privées aujourd'hui d'une partie de leurs droits, les reprendraient dans cet heureux abolissement, la population et la félicité publique s'en augmenteraient, et si ce n'est une complète réforme , du moins les modifications que le gouvernement apporterait sur un plan plus sage, tourneraient au profit de la morale publique, à laquelle toutes les spéculations doivent tendre, sous un monarque jaloux de répandre tous les genres de prospérités et de gloire sur ses peuples.

Puis-je douter un moment, d'un
autre côté, de me voir appuyé,
dans mes assertions, par le beau
sexe tout entier ! L'épouse, l'a-
mante, la mère, la sœur, inquiètes
sur l'absence, sur le retour tardif
d'un mari, d'un amant, d'un fils,
d'un frère, ayant trop lieu de craindre qu'une prostituée ait su profi-
ter d'un moment de faiblesse pour
ravir à l'hymen, à l'amour, à l'ami-
tié, ses caresses légitimes, n'étaye-
ront-elles pas ma faible voix, de
l'éloquence de l'indignation ?. ....
Comment ! s'écrieront-elles, une
infâme, douée de quelques avantages extérieurs, prodiguant sa nu-

dité vénale, dérobera à l'amour
conjugal le prix de la constance et
de la foi jurée ! C'est en vain, dira
l'une, que moi, femme de bien, je
soustrairai à la vue , par devoir et
par inclination , mes charmes sous
les voiles de la modestie, que je les
réserverai comme la conquête de
l'amour légitime , à l'homme auquel mon cœur et ma main appar-
tiennent , et que je ferai consister
mon unique gloire à l'en rendre
l'exclusif possesseur !.... De viles
concurrentes , montées comme sur
des tréteaux , chamarrées de pein-
tures et enluminées du feu de la
licence , favorisées d'ailleurs par

une disposition d'inconstance, par *un éclair de fragilité*, malheureusement trop familier à l'homme, pourront m'enlever, en un moment, la fidélité *physique* de mon époux et de mon amant, pourront compromettre sa santé et la mienne dans les liens les plus sacrés de notre union !...... Il me faudra, dira-t-elle encore, trembler quelquefois pour ses jours et craindre que, par suite de cette même imprudence, il ne soit tombé dans quelque embuscade, quelque *coupe-gorge* du vice; ce ne sera plus qu'à la Morgue qu'il me sera possible d'apprendre, en y reconnais-

sant mon malheureux époux, que
des meurtriers, complices de quelque prostituée, se sont partagé ses
dépouilles, après l'avoir assassiné
au sein même de son imprudente
erreur.....

Ces événemens ne naissent pas
seulement de l'exagération d'une
imagination pusillanime et inquiète
sans raison : les archives de la police, qui concernent, au bureau
des mœurs, LES FILLES PUBLIQUES,
leurs écrous, leur numérotage et
leurs patentes, ne contiennent que
trop de ces tragiques histoires.

Ne m'étant pas proposé de m'é-
tendre minutieusement à toutes les

singularités qu'offrent les femmes prostituées, abstraction faite des vérités et des scènes sinistres que je viens d'offrir, je n'esquisserai ici que très-rapidement celles que l'on nomme communément *coquines honteuses*. Leur marche est facile à saisir. Parties, pour la plupart, à la chute du jour, du quartier de l'Odéon, elles se rendent, sans but arrêté, à celui de la chaussée d'Antin. Craintives d'être dupes des ruses et des questions de quelque suppôt de police, elles ne se livrent qu'en tremblant à leurs spéculations de *contrebande*, car elles n'ont pas payé le droit exigé pour être vicieuses à *visage découvert*, et ne sont conséquemment pas propriétaires du numéro et de la carte hospitalière qui leur octroie le titre avoué et ostensible de libertinage ; ce sont les frelons infidèles de ces essaims de *filles patentées*, qui dérobent furtivement et dans l'ombre leur part du butin du vice ; aussi leur résistance, qui ne provient, comme je l'ai déjà dit, que de la crainte de tomber dans quelque piége du *bureau des mœurs*, ne laisse pas que de leur donner momentanément, vis-à-vis des hommes, un faux air de femme honnête.

Il est une autre classe de femmes

galantes , désignées ordinairement
sous le nom ancien de *femme en-*
tretenue ; elles trouvent si facilement une place sous ma plume ,
que je vais entreprendre de les
châtier d'un trait de satire , en les
marquant à la fois au front du ca-
chet d'opprobre qu'elles ont mérité. Leur conduite est d'autant
plus blâmable , que leur art hypo-
crite et mixte entre la femme honnête et la prostituée, ne cherche des
victimes ou des dupes que dans la
haute classe, et dans celle des jeunes gens de famille , qui ont quelque fortune. Elles s'imaginent ,
dans leur folle vanité, que leur

luxe, et surtout leurs dissolutions plus étudiées, plus savantes, diminuent de turpitude, parce qu'elles ont lieu sur un théâtre plus élevé et plus fastueux que celui des *coquines* du rang subalterne ; aussi elles ne manquent pas de parler avec dédain et supériorité de ces dernières ; comme si le ton, leur ajustement et un faux vernis d'éducation, un certain babil qui ressemble à du *marivaudage*, pouvaient dissimuler en quelque chose l'infamie de leur métier. Cependant la dégradation de leurs charmes et la vieillesse leur apprennent bientôt ces cruelles vérités. Comme chez la plupart des prostituées, c'est l'amour du luxe, la paresse, la gourmandise et l'oubli de tout sentiment de délicatesse qui les a amenées à cet état d'abjection (*Manon Lescaut,* roman fort connu, en fournit l'exemple et la preuve), leur but, en général, est de jouir de l'ostentation indiscrète d'une toilette brillante qui apprenne hautement au public, surtout dans les théâtres, le degré de sottise et d'aveuglement de leur entreteneur. La gloire principale d'une femme entretenue est de cumuler un grand nombre d'adorateurs, ruinés par elle et pour elle ; des princes, des banquiers, des généraux, réduits à l'indigence par ses excès scandaleux. Nos annales galantes citent, à ce sujet, un foule de beautés célèbres dans ce genre ; l'on va jusqu'à dire qu'une d'entre elles osa une fois

vider le porte-feuille de son ban-
quier, des billets de caisse qu'il
contenait, et ordonna à son coif-
feur de lui en faire des papillottes,
folie qui pouvait, dit-on, monter à
30,000 fr. ; le feu fut mis ensuite à
cette petite fortune, aux grands
éclats de rire forcé du sot amant,
qui s'écria d'un ton fat et impru-
dent : Que c'était vraiment un
meurtre charmant, un *auto-da-*
fé délicieux, encore indigne de la
belle tête, de la folle cervelle qui
l'avait imaginé......

Une fois ruiné, ne comptez plus
sur l'amour de votre Circé; vous
n'étiez pour elle qu'une *utilité*, et
conséquemment vous deveniez im-
portun, odieux même, quand vous
n'avez plus qu'un *stérile* sentiment

à offrir à cet être égoïste et méprisable que l'on désigne vulgairement dans la société sous la qualification ancienne de *rouée*, lorsqu'elle fait preuve d'un certain talent à subtiliser l'or de ses amans... Il serait trop prolixe de faire connaître ici toutes les viles ressources qu'une *femme entretenue* emploie, toutes les *farces* qu'elle joue, pour faire croire en elle à un attachement réel, afin d'arracher de son *pointu*, suivant le nom trivial qu'elle donne à un amant *qui paie*, tout l'argent qu'elle peut en soutirer. Rien n'est épargné, pamoisons, lettres passionnées, sermens d'amour, feintes d'être éperduement éprise, évanouissemens, mille niaiseries enfantines, mille

mignardises traîtresses, vraies caresses de Judas, sont pour elle des
lieux communs qu'elle prodigue,
souvent sous les yeux d'un véritable amant, caché par les soins et le
commérage d'une déhontée soubrette, dans un cabinet voisin,
dans l'alcove même, et qui admire
en craignant pour son propre compte, jusqu'où va la duplicité et la co-
quetterie scélérate de sa maîtresse.
Les actrices qui sont jolies, pour la
plupart entretenues, excellent dans
ce genre de manége, elles s'en
font trophée entre elles, et on le
concevra sans peine. Certains finan-
ciers et grands seigneurs pourraient,
à cet égard, grossir le recueil de
ce genre d'anecdotes, d'une foule
de traits piquans. Je vais en citer

un seul ; une d'elles laissa présumer à son *ami*, homme de rang,
mais presqu'octogénaire, que son
unique bonheur était dans la société intime d'une jeune femme ;
on peut deviner facilement ce que
je laisse présumer par ce goût
d'*intimité;* aussitôt vous eussiez
vu notre barbon, affublé d'un costume d'élégante, en plumes, cou-
vert de diamans, venir faire sa
cour dans ce grotesque équipage
à son *amie de couvent*, et se plain-
dre à elle, dans un fausset aigre et
d'une voix cassée, de la hardiesse
des jeunes gens du jour. Cette scène
ridicule amusait infiniment notre
déboutée : elle ne se séparait toutefois de sa *jeune amie de couvent*,

le sot octogénaire , qu'après avoir
débarrassé ses doigts des diamans
qui pouvaient le gêner.

Après ce dernier tableau , que
j'ai produit dans des intentions
toujours morales et bienfaisantes,
afin que le lecteur un peu observateur dans la société reconnaisse
les masques aux portraits que je
lui ai faits , et se garde d'augmenter le nombre des sots, en
plaçant son attachement dans une
femme indigne de son estime, ré-
sumons nos observations généra-
les, et remplissons la tâche que
nous nous sommes imposée de
proposer un remède à tous les
maux que nous avons exposés.

Il faudrait d'abord expulser entièrement du Palais-Royal les filles

publiques, qui n'en ternissent que
trop la splendeur. L'or criminel
des jeux devrait encore moins y
être étalé, il n'a que trop souvent
armé la main du suicide ; alors un
des plus brillans comptoirs de l'Europe reprendrait bientôt son an-
tique lustre ; des cercles choisis,
de brillantes réunions donneraient
en peu de temps un nouveau ton
et un nouveau moral à un des plus
beaux palais du monde. La bourgeoise curieuse des riches nou-
veautés dont il abonde, ne crain-
drait pas de s'y voir accompagnée
de sa fille. Un théâtre dirigé par
le goût, des waux-halls d'été et
d'hiver, présidés par la Décence et
les Mœurs, devraient succéder partout aux scandaleuses orgies, aux

tripots honteux , aux obscénités clandestines , et la régénération serait aussi prompte que complète. Toutes les Espagnes, d'ailleurs, ne nous fournissent-elles pas un exemple de respect aux mœurs et de chasteté inviolable dans ce genre! Pourquoi ne l'imiterions-nous pas ? Qu'une maison de prostitution soit secrète , cachée , mystérieuse et reléguée dans un quartier éloigné et obscur, puisqu'il faut absolument en tolérer, entourez-la d'obstacles et surtout dignominie, de suppôts de police, de surveillance et des formes les plus importunes. Imitez en cela, au même degré, cet art ingénieux qu'employait le ministère de M. de Sartines, pour découvrir et ar-

racher du sein de sa retraite un
homme dangereux à l'état : qu'il
soit, dis-je, aussi difficile de péné-
trer dans une maison de femmes
publiques, qu'il l'était d'échapper
aux perquisitions de cet adroit
ministre. Que la mère, que le
père d'une prostituée soient dés-
honorés aux yeux de la loi et dans
l'opinion publique ; que les *filles*
aient un costume particulier et une
marque éclatante de leur prostitution ; que tout enfin repousse en
elles l'homme à qui il reste quelque pudeur et qui serait tenté de
s'associer à leur infamie. Alors ce
ne sera plus que le vagabond, le
mauvais sujet déterminé, le libertin de profession, qui osera les
cultiver, et l'association seule du

vice avec le vice ne peut plus laisser à craindre aucun progrès ulté-
rieur de contagion bien dangereux.

De vains déclamateurs, des rou-
tiniers, ennemis de toute innovation avantageuse, et en quelque
sorte alarmés de l'hypothèse d'un
bien, d'un mieux praticable, in-
sisteront sur ce qu'un changement
aussi grand dans nos mœurs et nos
usages, est impossible dans son
exécution; ils ajouteront que, sous
le rapport de l'intérêt national, *les
Nymphes du Palais-Royal* font un
des principaux ornemens de ses
galeries; si l'on considère surtout
encore la quantité d'étrangers
qu'elles y attirent, et la grande
circulation dans laquelle elles met-
tent leur or; mais toutes ces rai-

sons sont dénuées de justesse, abstraction faite de la turpitude d'un pareil moyen de prospérité nationale, puisqu'il n'y a ici que la force de l'habitude du vice, et que, si vous objectez que la beauté factice de ces femmes est un moyen d'attraction, n'y serait-elle pas bientôt remplacée par la véritable beauté, le bon ton et l'élégance de nos Parisiennes, qui prouveront évidemment qu'elles sont en état de sortir triomphantes d'un pareil parallèle, et de faire promptement oublier les viles usurpatrices qui souillaient une des principales promenades publiques; le même concours de monde y affluera et par des motifs plus délicats...... Et d'ailleurs, messieurs,

voudriez-vous attendre que de longues années vieillisent encore et
consacrent sous le silence tutélaire
des lois des institutions si perni-
cieuses, non seulement aux mœurs,
mais à la force du corps social, à
la santé individuelle des citoyens
qui porteront sans cesse à la génération future l'héritage de vices
dans le sang, de plaies compliquées qui altèrent l'espèce dans
ses sources les plus nobles, et jet-
tent des germes de mort dans le
siége même de la reproduction
des êtres ? Si vous ne considérez
pas l'offense faite à la moralité,
je vous demande de n'exami-
ner mes plans de réforme, que
comme des principes d'hygiène
et de salubrité publique, tels que

les moyens que l'on employerait
pour désinfecter des lieux pestiférés.

Ce premier rêve réalisé, joui-
rions-nous encore d'un autre bien-
fait ? Pourquoi non. — L'inocula-
tion et la vaccine depuis long-temps
ne nous font-elles pas jouir des
leurs ? Et il y a à peine trente
ans que l'une et l'autre eussent paru comme les imaginations chimé-
riques d'un songe creux ; peut-
être, dis-je, suivant le vœu de
l'immortel Voltaire. une sainte
coalition se formerait contre un
des plus grands fléaux de l'humanité. Il ne s'agirait pas de réunir
de grandes armées pour s'entre-
détruire ; ce serait dans des vues
plus nobles, plus salutaires que

l'art, le souverain et la loi tente-
raient d'un triple effort, de déra-
ciner dans la génération actuelle
les germes profonds d'un poison
que la découverte de l'Amérique,
dit-on, nous a prodigué. Cette
bienfaisante perspective, moins
difficile à réaliser que les rêves
philanthropiques de Bernardin-de-
Saint-Pierre, ramenerait l'âge d'As-
trée, et ce serait sous les auspices
d'un monarque généreux qu'une
si illustre époque viendrait con-
soler l'humanité enivrée des bienfaits de son règne.

FIN.

www.ingramcontent.com/pod-product-compliance
Lightning Source LLC
Chambersburg PA
CBHW051548280626
47162CB00021B/1634